Le Bûcher

Par le fils

Le Bûcher

1re partie

Traduit de l'américain
par Jean-Luc Mengus et Zachary Farley

P.O.L
33, rue Saint-André-des-Arts, Paris 6e

ISBN : 978-2-8180-1782-1
www.pol-editeur.com

Le père de Dimitri est un gymnaste olympique raté qui paraît trop distant et abattu même pour un Russe. Il garde un air adolescent à trente ans passés, sauf quand il enlève sa chemise, car ses muscles ont un aspect trop avachi. Dimitri pense qu'il ressemblerait à son père comme deux gouttes d'eau si celui-ci était un lombric. C'est un garçon de douze ans solitaire qui regarde des dessins animés américains.

Tous les pays doublent les émissions de télé étrangères dans leur propre langue, mais en Russie c'est une escroquerie. Une unique voix sermonneuse lit les répliques des acteurs comme si l'émission était un appareil électroménager et les dialogues son mode d'emploi, tandis que les doux bruits bien réels batifolent faiblement en arrière-fond. C'est ainsi que le reste du monde parvient à l'oreille des Russes, si toutefois ils y prêtent attention.

Donald Duck et sa cohorte grotesque sont tels des dauphins signalant leur bonheur au peuple russe à travers une surface morne et indifférente. C'est une forme de manipulation mentale qui remonte à l'époque où les communistes dirigeaient tout et donne aux enfants enclins à l'introspection l'impression qu'ils peuvent entendre la vérité envahir leurs petites pensées de pédés.

Dimitri glousse devant les créatures assourdies de la télé, tout en espérant que sa mère va tenir le coup. Cela fait un moment que son père frotte le mobilier et les murs de leur chambre avec le corps tenace mais défaillant de sa femme. Ce bruit n'était que trop familier, mais pas le silence qui a suivi et ne veut pas cesser. L'esprit de Dimitri lui souffle : « Si ta mère est morte, tu ferais mieux de te tuer. »

Le père de Dimitri fait irruption dans le salon et s'assied bizarrement près de son fils, ce qui ne lui serait jamais venu à l'idée auparavant. Il semble médusé par cette crise sans précédent, et ses mains palpitent d'avoir fini par tuer sa femme. Il sait qu'il va lui falloir tuer Dimitri maintenant, mais il essaie d'abord de regarder les inepties frénétiques des dessins animés.

Dimitri n'est pas assez grand pour représenter une véritable perte. Ça fera simplement deux corps au lieu d'un, ça ne change pas grand-chose. Les habitants de l'immeuble l'ont si souvent entendu battre sa femme et son fils qu'ils sont sans doute anesthésiés. Peut-être pourrait-il profiter de Dimitri, s'il en a envie. Ces cris-là paraîtraient-ils incompatibles ? Le seul danger est qu'il risquerait de se tuer pour avoir fait ça. Est-ce un problème ?

Lorsque le père de Dimitri avait huit ans, des recruteurs du Bureau des Sports ont fait une visite de routine dans son école. Après l'avoir regardé faire des roulades et virevolter sur les balançoires et la cage à poule de l'école, ils l'ont acheté à ses parents. Il a été placé dans une école dirigée comme une prison destinée aux futurs champions, avec une quarantaine d'autres garçons au corps magique.

Il a été entraîné à gagner des médailles d'or en gymnastique, avec une brève pause quotidienne dans la matinée pour y adjoindre une éducation aride. Il participait parfois à des compétitions amicales mineures dans de lointaines provinces russes. Il n'a jamais rien gagné, mais le public était plein de pédophiles et de filles qui s'entichaient du plus joli concurrent – lui.

Tant d'équipes de télé ont mitraillé le visage angélique grimaçant de Dimitri qu'il est resté pendant des années, dans l'inconscient populaire, l'image même de la domination de la gymnastique russe. Cet avantage lui a valu de rester en lice bien après le limogeage de gymnastes meilleurs que lui. Aujourd'hui, quand les gens croisent le père de Dimitri dans la rue, ils demandent souvent s'il a jadis eu l'air plus jeune et important.

Le père de Dimitri délace ses chaussures et s'en débarrasse. Il ôte prestement son T-shirt. Son pantalon le serrant inconfortablement, il se relève, mais c'est seulement le revolver dans sa poche qui le gêne, et comme le meurtre de sa femme l'a plombé, il se contente de le sortir, se laisse retomber sur le canapé et le pose sur sa cuisse.

Dimitri jette un regard bizarre à son père et enlève lui aussi son T-shirt. Il le tient nerveusement dans sa main. Son père le lui arrache et le tient à son tour serré dans la sienne. Il lui laisse une vague chance de demeurer un T-shirt, puis pense l'équivalent russe de : « Et puis merde », et froisse le tissu jusqu'à lui donner la forme d'une fleur.

Sa peur de tout ce qu'il a fait et a envie de faire vient se superposer comme un doublage à l'hypothétique bonheur que son fils et lui ont pu connaître ensemble. Il a envie d'offrir la fleur à Dimitri, mais l'amour semble ridicule, alors il dresse son poing et en menace le garçon. Dimitri gonfle ses poumons et cambre le dos pour présenter le buste le plus puissant que sa cage thoracique puisse déployer.

« Pourquoi as-tu enlevé ton T-shirt? demande le père de Dimitri.

– Pour faire comme toi.

– Tu as peur ? »

Dimitri baisse les yeux sur le revolver. C'est la seule chose qui fasse une différence pour ce qui va suivre. « Oui », dit-il.

Le père de Dimitri prend le revolver et le braque sur son fils.

« Lui aussi dit oui.

– Il croit sans doute que ta main est la mienne.

– Ça t'arrive, de vouloir te tuer?

– Parfois.

– À quoi penses-tu, quand tu décides de le faire?

– Quelle est la bonne réponse? » Dimitri regarde son père droit dans les yeux, qui soit n'expriment rien du tout, soit sont dépassés par la conscience de sa propre peur de merde, puis il réfléchit à la question. « Ma mère, des fois.

– Ta mère en train de faire quoi ? » Le père de Dimitri applique le canon du revolver contre sa tempe et se met à pleurer et à trembler affreusement.

« Pas ça, dit Dimitri. Il faut d'abord enlever la sécurité. »

*

J'ai 19 ans, j'ai leucémie parle-moi si t'as envie. Si tu n'aimes pas, alors va-t'en. J'ai besoin de parler quelqu'un. JE VAIS TOI HOTEL ET TOI MAISON. C'est ce qui est à l'intérieur, c'est ce quest nécessaire.

Ok en fait j'ai 12 ans, mais je veut essayer nimporte quoi je sui comme ça alors fait face !

Je veux prendre soin de toi-même tu veux prendre soin moi. Je veux prendre soin toi comme personne n'a pris soin de toi.

Je peux jouer pour toi des Nocturnes de Chopin, si tu veux. Seul truc je fait 1m53.

Je vais regretter le reste de ma vie ce que g fait.

Je suis pas un mannequin ou quoi, je n'ai pas grand-chose, alors.. Je toujours dans noir ou lumière basse. Je vis avec mon père. Je crois quand on se rencontre alors on parlera plus de moi.

La vie est dure, alors g besoin… ceque tu veux.

J'ai Peur tellement pour l'amour fait xxxxxxxxxxxx.

Pour moi c'est une réalité mentale sérieuse. Je t'en prie aidez-moi quelqun je me débattrai pas.

Je me prépare et fait le lavage de cerveau avec quelques outils.

Je suis très ouvert et je fais la chose parceque je veux voir si je peux faire la chose.

J'en ai marre des gens rumeurs sur moi et je sui pas ca …

J'ai peur de sauter du pont près de ma maison bientôt si ça ne….

Réponse à tes questions : Oui jai essayé. J'ai essayé et essayé et essayé ! mais merci.

Je ne possède plus mon ordinateur. Je suis devenu esclave d'ordinateur vu qu'il a pris le controle de mon ordinateur qui dorénavant est le sien ! tout ce que je peux faire je croise les bras et regarder utiliser son ordinateur.

Je vi avec lui, ouais mais il sera peutêtre endormi.

J'suis pas le type habituel alors tu vx bien,… jfais juste ça pour ma dépression.. cest tout. Je faiis seulement pour la dépression si quelequ'un peut me laisser donner ce que je veux alors j'arrête.

Toutes lesnuits je voudrais plus jamais me réveiller quelqu'un se croit à la hauteur.

Je t'ai pas répondu, ça peut être un trou de mémoire.

Je veux que tu m'aimes qui je suis et accepter qui je suis vouloir me rencontrer et avoir respect.

Je veux avoir paix et amical et aimant doux et attentionné et compréhensif avec mes centimens et m'aimer toujours persone d'autre.

La réson si je veux faire ça c'est pour que je puisse aider mon père en n'étant pas une autre bouche à nourrir ou un fils problème qu'il inquiète c'est sa faute parce que je l'aime beaucoup et il va me manquer mais c pas ton problème.

Il y a tellement sur moi alors tu t'ennuierras jamais avec ma tête.

Je suis peut-être pas aussi près de la perfection que les autres gens font, mais qu'est-ce-que ça fait ? Ce qui compte c'est que je me connais de fond en comble et JE SUIS ÇA.

Je veux trouver quelqu'un qui peut me comprendre!!!! qui peut apprécier la chose j'effet.... quelqu'un qu'est toujours là pour moi!!! quand jsuis dans mal.......

Je promets tu m'aimes.

Je meurs jeune de quelque chose dont je veux pas mourir? TU COMPREND?!! Ok je meurs pas vraiment, j'ai menti je suis seulement triste.

Je suis réduit à rien à peine si je mange ou ......

Ma photo est d'avant. Je ne ressemble plus à ça mais avant oui. Qui me voit ?

Je sais pas ce que je suis-je dis. Vous trouverez par vous-même votre altesse satisfaisant. J'aime la musique qui hurle…

Oui père… être envappé sait pas ce qui se passe ou rien.

Pourquoi je peux pas supprimer cette merde?

*

Dans le groupe de Danny, il y a un guitariste réputé, grillé par les acides mais qui émet encore des notes sidérantes, sauf que maintenant elles sont bizarres. Danny pense qu'il jouerait de la guitare à peu près comme le guitariste de son groupe si celui-ci était un alcoolique. C'est un prodige maigrichon de seize ans originaire de Brixton, qui boit du gin en regardant des guitaristes morts jouer du blues sur de vieux instruments acoustiques dans une émission de télé.

Le manque d'envergure et la technologie archaïque des générations passées arrêtent toujours les jeunes, mais pour des types radicaux comme Danny, c'est particulièrement décourageant. Entre la faible aura des guitaristes morts et leurs enregistrements lointains et grésillants, ils pourraient tout aussi bien s'amuser avec un fusil chargé qui ne blesserait qu'eux-mêmes. C'est ainsi que Danny entend la souffrance des autres, quand il daigne y prêter attention.

Les pionniers du blues pourraient être des dauphins signalant leur malheur primitif à des artistes plus expérimentaux. Le fait que même l'art le plus novateur devienne acceptable avec le temps est une catastrophe qui fait comprendre aux jeunes musiciens d'avant-garde ayant des problèmes d'alcool mais pour de bonnes raisons qu'ils ne peuvent pas être des dieux avec des amplis géants malgré le bonheur qui les anime lorsqu'ils se donnent du mal.

Danny joue de sa Strat débranchée avec les fantômes de la télé en espérant que leur guitariste n'a pas quitté le groupe, même si depuis peu c'est l'enfer de se trouver avec lui. Il y avait longtemps que lui et les autres membres du groupe se gueulaient dessus en coulisses. Jusque-là ça semblait assez banal, mais pas le silence qui depuis ne se rompt pas. Intérieurement, Danny se dit : « S'il quitte le groupe, je suis mort. »

L'autre rejoint Danny sur le canapé et s'assoit anormalement près de lui. Il n'a jamais éprouvé le désir d'être si proche de Danny jusqu'à maintenant, et c'est déroutant d'être serré contre quelqu'un qu'il prend juste dans ses bras sur scène dans l'élan du spectacle, et ses yeux dilatés sont embués de larmes d'avoir quitté leur groupe. Il sait qu'il lui faut dire au revoir, mais d'abord il essaie de regarder la télé.

Danny n'a pas assez de cran pour prendre la tête du groupe ou jouer les notes tout seul sans en atténuer la portée. Si le groupe se sépare, il y aura deux victimes au lieu d'une. Leurs fans ne sont pas assez futés pour comprendre leur génie, de toute façon, alors pourquoi le manque d'audace de Danny ferait-il une telle différence ? Mais Danny le saurait. Est-ce un problème ?

Le guitariste du groupe de Danny jouait autrefois dans des groupes locaux merdiques comme s'ils comptaient vraiment. Le leader d'un groupe de blues électrique encensé par la critique a observé sa manière incongrue de tirer sur les cordes de son instrument et l'a intégré au premier plan de sa formation. Il a fait des concerts avec eux et joué sur plusieurs de leurs disques, jusqu'à ce que leur orthodoxie commence à lui sembler bornée et étouffante.

Il a monté son propre groupe qui prenait le blues pour racines, non comme étalon. Il est tombé sur Danny, alors âgé de quinze ans, qui jouait comme un sauvage dans un groupe de la région, et il a engagé le garçon pour la touche de nouveauté. Leur noirceur complexe a enflammé la critique, qui a attiré du public, lequel n'y comprenait rien mais faisait semblant pour pouvoir mater Danny, qui semblait avoir treize ans à tout casser.

Mais le guitariste voulait réinventer la façon dont on fait « siffler » le son d'une guitare, ce qui nécessitait des drogues psychédéliques, pensait-il. Pour pouvoir jouer, Danny devait détruire en lui quelque chose que personne d'autre n'était capable de comprendre, et l'alcool aidait. Leurs problèmes se sont réglés sur le plan artistique, mais le guitariste est devenu fou, et le jeu de Danny s'est mis à stagner, et maintenant tout est foutu, c'est fini.

Le guitariste le regarde amplifier les notes que les légendes jouaient si simplement par le passé. Il ne sait pas s'il est trop défoncé pour faire encore la différence, mais, même sur une Strat débranchée, il y a quelque chose de froid dans le jeu de Danny, alors que les légendes, mettons, lâchaient tout dans leur musique avec une sorte d'hystérie. Ça déprime tellement le guitariste qu'il a envie de réintégrer le groupe, mais il s'abstient.

Il tente de caresser la tête de Danny dans l'espoir, avec l'aide des drogues psychédéliques, de parvenir à sentir ce qui ne va pas dans un cerveau si jeune mais bloqué. Il n'y arrive pas, et Danny se crispe à son contact, ce qui le fait jouer plus mal, du coup il s'arrête et préfère boire. Alors le guitariste emprunte sa guitare et joue les riffs.

Danny boit. Il y a encore six semaines, il aurait appris, ou cru apprendre, quelque chose en étudiant le doigté outrancier du guitariste et ses partis pris hasardeux. Il aurait peut-être empoigné la guitare pour essayer de le surpasser, et leur groupe aurait atteint des sommets. Cette différence le tue, alors il attrape l'instrument et le jette contre la télé, mais rien ne se brise.

C'est comme ça, le groupe est fini, même si, lorsque le guitariste jouera dans le futur sans Danny – c'est-à-dire s'il ne se défonce pas au point que sa musique devienne débile –, cela pourrait mettre en lumière les insuffisances de son jeune ami et déconnecter à tel point ses notes audacieuses de la cohésion apportée par le jeu de Danny qu'au bout du compte il composera seulement d'obscures conneries.

« Pourquoi t'as fait ça ? » demande le guitariste. Il s'est relevé pour ramasser la Strat. Maintenant, à peine rassis, il en joue déjà.

« Parce que tu quittes le groupe », dit Danny.

« Tu t'éparpilles », dit le guitariste. Il essaie de tordre sa culpabilité en une note interstellaire.

« Alors c'est fini ? » demande Danny.

« Tu vas penser que je déconne, mais je t'aime », dit le guitariste.

« Dans ce cas, ne pars pas », dit Danny d'une voix si catégorique qu'il sait qu'il le pense vraiment.

« Tu crois encore qu'on peut réinventer le son ? » demande le guitariste. À présent, son solo s'est mué en un bruit ininterrompu.

« Ça m'arrive », dit Danny.

« À quoi tu penses quand tu crois ça ?

– À toi, en général.

– Moi en train de faire quoi ? » demande le guitariste. À présent, il joue des notes sans lien entre elles, qui font mal aux oreilles et n'ont plus aucun sens.

« Pas ça », dit Danny. Il étouffe le son en serrant une main sur le manche. « Pas cette putain de cacophonie cinglée qui me fait me sentir tellement perdu. »

*

« C'est brutal », dit quelqu'un.

Quand je vais mourir, est-ce que ça dira simplement au revoir... à moins que j'aie fait des choses ? J'ai fait des choses, mais pas suffisamment. Au fait t'as quel âge ?

« J'ai 56 ans. Je parle pas bien anglais, mais on n'a pas besoin de parler si ? Et je ne connais pas la réponse. »

Je veux seulement être l'ami de gens de 12 ou 16 anés désolé... et g oublié je meurs pas vraiment alors... Bref sors d'ici.

« Slt », dit quelqu'un. « Les gens disent ke je suis un nul parsske j'ai pas de keur je suis un homme d'épais g été interverti à ma naissens maman est morte quand j'avè 7 an et papa m'a abandoné j'ai un loup ki s'appelle shadow j'ai crie des chansons je suis pas juste un enfant sourd qui se fait bousculer dans les couloirs tabassé chez moi à lécole ma vie. »

Tu es vraiment sourd ou c'estpour écarter les autres ?

« Ouai je lsuis c pour ca que g une voix immonde putain t ki. »

Je me demande si sourd peut-être ce n'est pas trop… je ne sais pas, je suis désolé laisse-moi penser à toi.

Je ne VEUX pas que de CA!!!!

« Salut, je m'apl Aaron », dit quelqu'un. « Hmmmm… Je fais kom tout le monde ..& g besoin de personnes très spéciales.. ouai je sui ke pour qqn spéciales., si tu crois kil te manque kelkchose bah ouai… ce n'est pas un poème c'est ce que tu dois savoir avant de … »

Tu n'as rien acraindre. QUAND ON A BESOIN ON CHOISIT PAS C'EST VRAI.

« Je suis juste là comme ça », dit quelqu'un. « si… OK ss 1 pauvre étudiant.alors je vais aterrir chez toi … je vais te plaire c sûr je suis sexsy partout. personnalité n'est pas à l'extérieur ms au-dedans.. ouai récemment. »

Je raconte pas ma vie pour tout lmonde. J'aime voir la réalité, mais pas pour un truc comme le sexe. C'est trop compliqué pour moi à gérer.. mais y'a un type, il a 56 ans, je crois quil est toujours là ouais.

« Pour construire ma vie je dois faire ça. aucun des autres chage pour moi? comme tu veux. je m'en fous.,, c'est ma vie… Où? »

« Bonjour à toi, qui que tu sois, quoi que tu désires », dit quelqu'un. « Je suis personne simple. Oui, je crois que je suis assez simple d'une manière ou d'une autre. »

Salut je déteste être seul plus que tout au monde et pourtant je suis toujours seul, la vie n'a pas de sens.

« Oublie le monde existant autour de Toi. Tu peux te changer en l'infini. Puis-je savoir qui tu es et où tu habites ? »

Il n'y a pas de vrai description de ce qui se passe dans ma tête en cet instant. Tout ce que je peux dire, quelqu'un sera blessé.

A une période de ma vie, j'ai rencontré des gens tellement merveilleux que j'en tombais amoureux, que c'été pareil pour eux. mais en fait, la vérité c kils sont sympas, c tout.. trop sympas.. mais ne m'aime pas je le mérite pas.

« Ca te dirait que je te parle de Dieu… », dit quelqu'un. « Je viens de me mettre en paix avec lui et d'éliminer de ma vie toutes les substances toxiques qui empêchent la réalisation de Ses volontés à mon égard. J'attends ta décision. »

Tu c ske c ké délicieux? Ma BOULIMIE!! Tu c ski est gerbant et immonde? LA NOURRITURE!!!!

« Salut », dit quelqu'un. « Je suis garçon d'orient.... dites-moi s'il vous plaît si quelqu'un me connaît....... dites-le moi s'il vous plaît......... »

Je ne te connais pas mais.. t'as l'air sympa ...tu me comprends .. ?

« Je suis nouveau ici pour trouver quelqu'un meilleur pour moi....... cherche un gentil et bon pour rester ensembe........ je gentil garçon qui comprend n'importe quoi ce que tu as dit... si tu es intéressé d'une manière ou d'une autre parler..... »

Je peux simplement t'écouter si tu cherches juste quelquechose à qui parler.

« J'AI BESOIN DE QUELQU'UN POUR ME MARIER ICI...... », dit quelqu'un. « J'EN AI MARRE D'ETRE SEUL.... aime-moi et je donnerai plus d'amour...... si tu devais me choisir.... eh bien regarde un peu et tu te verras toi-même... »

Mais je peux pas t'entendre si tu cries, j'ai trop peur moi-même.. Merde!!!!!!!

Je suis une perrsone avec beaucoup de problèmes dans mon cerveau. Tu essaies vraiment de m'entendre ? ...Je vais m'ouvrir complètement !

« J'Essaye Beaucoup Mais l'amour REel n'est plus du tout vrai », dit quelqu'un. « Tu veux une seule chose alors j'espaire aussi là d'autres choses. »

C bien de vous tous autant ke vous êtes raconter vos sentimentsx... mais pas ECOUTER... c kom une chansson où ya pas de chanteurs mais.. un instrumental. JE SAIS COMMENT C !

« Je veux juste faire les auters personnes être gentil et lui faire m'aimer. suis d'une bonne famille g des proches aimant encor... suis comme ça je sais pas koi faire. »

TU M'ENTANT PAS!!!!! Ok, MERDE, c'est comme ça que je parle vraiment. C'est moi quand je fais attention à ne pas faire d'erreurs. Est-ce que je viens seulement de m'ostraciser à tes yeux ?

« J'ai l'air assez triste », dit quelqu'un. « Pourtant je ne le suis pas.. Je suis pensif, c'est tout .. Je suis mince, je peux dire...Mais quand même, est-ce qu'il faut que je sois parfait pour te rendre heureux ? »

Les choses ont changé et moi aussi, peut-être pour le meilleur, peut-être pas ; j'en suis encore à essayer de me comprendre en repartant de zéro. J'aurais préféré que les choses soient différentes, j'aurais préféré que les choses soient exactes.

*

L'inconnu avec lequel Rob est en train de chatter tape ou pense d'une manière aussi dérangée que lui. A priori, ils ont un peu plus ou un peu moins de vingt ans – deux losers en manque d'affection ou deux raconteurs ironiques qui utilisent les signes de ponctuation et les lettres de leur clavier comme de petites pelles, comme si la langue anglaise était un tas de poussière, de façon à paraître aussi alambiqués qu'ils le sont effectivement.

Les *chatrooms* de tous les sites web attirent des solitaires qui transcrivent leurs humeurs en émoticônes et contraignent leurs phrases, mais le site que fréquente Rob est pour les cinglés. Aux yeux du visiteur, cela pourrait sembler la retranscription par une bande de types suicidaires d'une fusillade collective délibérée, où les coquilles seraient des morceaux de shrapnel égarés, mais pour eux c'est plutôt comme peindre avec les doigts.

Rob est tel un dauphin qui ferait signe aux humains sous la surface agitée de l'expression verbale.

C'est une forme de paresse lyrique vis-à-vis des lois de la composition qui remonte à l'époque où Internet a libéré tous les mots qui s'étaient érodés ou avaient été malmenés au fil du temps en les rendant à cet état de diamant brut, de bruit suppliant qui permet à Rob de tout déballer et de pleurer en public sans perdre son sang-froid.

Il laisse jaillir son tumulte intérieur tout en essayant de détecter s'il a perturbé d'autres chatteurs bredouillants, et peut-être en a-t-il repéré un. Il reste à peine une trace que le type a tilté dans sa harangue – des bosses, des éraflures, ou peut-être même des plaies aussi codépendantes que les bêlements plaintifs d'appel et de réponse échangés par les saxophonistes dans les disques de jazz que son père écoutait sans arrêt.

Si tous les chatteurs, y compris Rob, n'étaient que des éléments d'une espèce de chœur de clavistes, interprétant tous une certaine fraction tonale dans une partition corrosive, alors… Il est trop difficile à imaginer que ce soit vrai, donc… peut-être que si leurs divagations échauffées sont juste des éclats linguistiques lancés au-dehors depuis une application semblable à une boule à facettes implantée dans le site web, ce qui pourrait très bien être vrai, alors…

Si l'on pouvait gratter le merdier dans leurs propos, peut-être verrait-on qu'ils sont intelligents ou dressent des portraits pas si débiles, qu'ils sont plus beaux, ou des êtres formidables que des mortels vindicatifs et inférieurs ont tant ridiculisés ou critiqués qu'ils se sont retranchés dans l'isolement et se montrent seulement sous leur vrai jour lorsqu'il luttent les uns contre les autres afin de se rendre intéressants, avec leur réserve secrète de caractères pour seule arme.

Lorsqu'ils ne sont pas en ligne, peut-être rasent-ils les murs d'une université ou d'un lycée. Peut-être sont-ils des Goths ou des Emos qui ont décoré l'enfer de leur vie comme un Halloween permanent. Peut-être que leur branchitude a réduit la méchanceté des autres à une question de goûts vestimentaires conflictuels – c'est moins douloureux, mais il leur est extrêmement difficile de se faire de vrais amis.

Peut-être écrivent-ils sur leurs sentiments des vers qu'ils se lisent les uns aux autres en s'imaginant que leurs auditeurs sont les managers ou les dénicheurs de talents de groupes aux textes faibles mais extraordinaires par ailleurs. Peut-être que personne n'écoute vraiment ; ils attendent juste leur tour de lire, et vice versa, aussi ignorent-ils pourquoi ils se sentent à l'aise mais affreusement seuls lorsqu'ils sont ensemble.

Peut-être ont-ils un jour rassemblé leur courage et posté leurs poèmes sur des sites web réservés aux artistes sinistres et frustes et aux admirateurs d'un art pataud et cathartique. Peut-être ont-ils acquis assez d'assurance pour cesser de prétendre que leurs gribouillis étaient de la poésie, mais bien des brouillons suicidaires qui avaient de quoi leur foutre la trouille et qu'ils auraient réduits en lambeaux si Internet n'était pas une poubelle follement plus gratifiante.

Peut-être que quelqu'un les a aimés, une fois ou deux, ou a dit les aimer, ce en quoi ils n'ont pas cru davantage que les acteurs ne gobent l'amour des fans qui les connaissent uniquement lorsque leurs sentiments sont d'emprunt. Ainsi, l'amour s'est perdu, et maintenant qu'ils sont si profondément voués au malheur, ou souhaiteraient l'être, ils savent que la dépendance mutuelle devra faire l'affaire, et à l'instant même ils essayent de rendre accro un nouveau.

Au bout d'un moment, le compagnon de chat de Rob suggère qu'il serait peut-être prudent que chacun allume sa webcam pour illuminer son cockpit, et Rob, pariant que les corrélations apparues dans le va-et-vient de leurs échanges vont transformer le visage du type en un reflet ensorceleur du sien, tape O.K.

au milieu d'une rafale de mots à propos de son apparence dépourvue de magie.

Rob est très surpris de découvrir qu'il chatte avec un gamin, peut-être douze ans tout au plus. Il est assis dans une chambre illuminée par la lumière du jour, avec des posters d'un athlète accrochés aux murs, et il semble étrangement émoustillé que Rob soit assez vieux pour être son père et vive suffisamment loin de chez lui pour que, à en juger par une horloge au fond, ce soit là-bas le milieu de la nuit.

« Mon anglais... tu sais déjà qu'il est très mauvais », dit le garçon avec un accent fort et lugubre. Il se penche sur son bureau pour étudier Rob, qui remarque des contusions sur son visage.

« Je croyais que tu bluffais comme moi », dit Rob.

« Non. J'essaie très dur d'écrire.

– Alors... Pourquoi t'es mal comme ça ?

– Parce que mon père a tué ma mère », dit le garçon. Il se recule, détourne les yeux et se met à pleurer.

« J'aimerais pouvoir t'aider, dit Rob, mais on dirait que tu vis très loin. »

Le garçon jette à Rob un regard circonspect. « Pourquoi t'es triste ? » demande-t-il.

« Parce qu'un ami à moi s'est suicidé. Ça fait longtemps. Je ne sais pas pourquoi ça me fait toujours autant souffrir.

– J'ai envie de me suicider », dit le garçon.

« Il ne faut pas », dit Rob. Il marmonne « merde », se crispe et déplace le curseur jusqu'au point qui lui permettra de fermer l'application en un seul clic. « Tu vas faire souffrir quelqu'un.

– Non, juste moi. Je…

– Écoute, si tu m'avais dit ça pendant qu'on chattait, j'aurais pu me dire : "Ouais, je m'en fiche, je ne connais pas ce mec, peut-être qu'il ment", mais… tu es un enfant, et… je ne peux pas te laisser me faire du mal.

– Je te ferai pas de mal », dit le garçon. Il prend son visage dans ses mains, sanglote et se met à crier des mots dans une langue étrangère, et c'est si étrange que Rob ait pu rendre un gosse qu'il connaît à peine si profondément malheureux.

*

Je crois que j'ai commencé à écrire des livres sur ma mère parce qu'en toute occasion où je voulais parler d'elle franchement comme maintenant je sentais pointer sous mes mots une angoisse complexe que la conversation ne saurait prendre en charge.

Je n'ai personne à qui parler, pour tout dire. Aucun de mes anciens amis qui l'ont également connue n'a cherché à me contacter depuis des années, ce qui serait pourtant facile car je suis vaguement célèbre, tandis que leurs noms de famille sont si communs qu'en les cherchant sur le web je tombe littéralement sur des milliers de postulants.

J'ai parlé de ma mère dans tant d'interviews. Si vous faites une recherche sur son nom, des pages et des pages vont apparaître, et toutes celles qui ne portent pas sur une homonyme sont soit de moi soit sur moi, ou ce sont des trucs écrits par des gens qui connaissent seulement les personnages auxquels j'ai donné son nom.

Comment une femme comme elle a-t-elle pu mourir sans qu'un seul ami ou membre de notre famille ait jamais ouvert une page en son hommage ou même mentionné son nom dans un tweet ou un post sur Facebook, pas même pour son anniversaire ou celui de sa mort, pas même en passant, en évoquant un aspect de leur vie ou de leur art qui ravive son souvenir ?

Pourquoi aucun de ceux qui l'ont connue n'at-il jamais essayé de me contacter pour me dire : « Je la connaissais, moi aussi », ou : « Merci de lui avoir consacré de si nombreux écrits », ou : « Comment avez-vous pu écrire des trucs aussi dérangeants » sur mon amie, ma cousine, mon ex, ma fille ou ma nièce ? Mon œuvre est-elle si obscure ? Il faut croire.

Je ne peux pas supporter d'être la seule personne de sa connaissance qui semble avoir besoin de parler d'elle. Bien des gens l'ont connue mieux que moi, ou du moins ont passé plus de temps avec elle.

Je ne pense pas à elle pendant un certain temps, et tout va bien, mais tout d'un coup j'y pense, et je me retrouve dans cet état. Mais pas « dans cet état » parce que je ne parle presque jamais d'elle, point final. Je l'évoque à peine, et les gens vont trouver ça intéressant et triste. Mais ils veulent dire pour moi, pas pour elle.

Ou alors j'écris quelque chose à son sujet, et mes lecteurs me disent que c'est « dégoûtant » ou « génial », qu'elle est « adorable » ou « trop antipathique », « touchante », « ennuyeuse » ou « vraiment sexy », ou bien : « J'ai connu quelqu'un comme elle, moi aussi », ou encore : « Je m'identifie tellement à elle », ce qui est la meilleure réaction, ou la seule significative, que je puisse jamais espérer. Je ne vois pas ce que je pourrais attendre de mieux.

J'ai vu un psy pendant trois ans, et là j'ai parlé d'elle, mais d'après lui elle était juste un symbole dans ma réinterprétation en boucle des saloperies que mon père m'avait faites, et il voulait juste que je parle de mon passé, pas d'elle. Je le suppliais de m'oublier et de seulement voir en moi un individu lambda parlant d'elle.

Je sais à quel point elle était difficile à supporter, soufflant le chaud et le froid affectivement, et je sais qu'elle a fait et dit des choses horribles à certaines personnes vers la fin, quand, fait impardonnable, je n'étais pas avec elle, mais se peut-il que sa mort ait été un tel soulagement pour tout le monde? Genre : « Dieu merci, je ne serai plus jamais obligé de penser à elle »?

Un ami qui se dit médium a fait une séance pour moi un jour, et il a dit qu'il la voyait planer au-dessus de ma tête, un truc comme ça. Il a dit qu'elle veillait constamment sur moi, pleine d'amour et de gratitude pour quelque chose que je faisais autrefois pour elle, ou que je fais depuis sa mort, et je l'ai presque cru, peut-être même que je le crois. C'est tellement facile de me faire souffrir.

Encore aujourd'hui je me dis : « Et si sa vision était vraie? », tant j'éprouve le désir inouï et inexprimable de lui faire savoir qu'elle comptait et compte tant pour moi que j'ai écrit et continue d'écrire toutes ces élégies, tout ça.

Vous voyez, je n'exprime rien d'autre ici que mon besoin de parler d'elle maintenant, et ma prose est médiocre, nulle, sans intérêt, alors à quoi bon ?

Parce que j'ai envie que quelqu'un qui la connaissait lise ce livre et me trouve, je suppose. Je veux que ce livre soit plus grand public que mes précédents de façon à atteindre des gens qui en règle générale ne lisent pas de romans ou qui se foutent des livres d'un vague écrivain culte bizarroïde, car il semble que tous ceux qui la connaissaient ou m'ont connu moi nous ont oubliés.

Je veux trouver quelqu'un qui puisse me confirmer que mon amour pour elle en vaut la peine, ou me convaincre qu'elle n'était personne, ou me dire : « Elle n'a jamais parlé de toi », ou qu'elle faisait allusion à moi si rarement et avec une telle désinvolture qu'à l'évidence je ne comptais pas beaucoup pour elle, et là est l'espoir, et là est la crainte, et l'écriture est mon seul moyen de trouver une réponse, et c'est d'une importance extrême, et je sais que c'est difficile à lire, mais c'est juste très, très dur pour moi d'aligner ces mots, je suis désolé.

*

Son fils est toujours son ami le plus proche même s'ils ne se sont pas parlé depuis des années et vivent aux antipodes l'un de l'autre. Elle avait projeté de partir de son trou, mais elle ne l'a jamais fait, ou si peu. Elle pense qu'elle vivrait avec lui s'il avait existé un médicament miracle. C'est une danseuse de trente ans atteinte d'un trouble bipolaire incurable, qui tient un pistolet chargé et écoute Nick Drake tard le soir.

Tous ceux qui aiment Drake pensent partager ce qui rendait ses premiers disques si tristes puis les fit devenir si désespérants, mais chez elle c'est poussé à l'extrême. Peut-être que si elle avait libéré sa souffrance dans la création artistique elle comprendrait la différence, mais à présent c'est comme si les paroles de Drake étaient ses propres pensées, mises en forme et en musique par un être semblable à elle, mais plus important.

Les chansons de Nick Drake sont comme un banc de dauphins envoyant vers elle et d'autres épaves introverties des signaux quant à sa solitude. Une relation très étroite unit les chanteurs suicidaires et ceux qui les écoutent dans les mêmes dispositions ; elle guérit ou tue depuis toujours des individus tels que Drake et elle. Lorsque tous les gens que vous connaissez sont très loin de vous ou se cachent, vous trouvez quelqu'un de mort à aimer.

Elle tient le revolver comme si c'était un téléphone et espère que son fils va l'appeler d'une manière ou d'une autre. Il lui a écrit des lettres pendant un certain temps, mais elle ne lui répondait jamais, pas même lorsqu'elle a déménagé et changé d'adresse, et maintenant elle a déménagé tant de fois que les lettres ne pourraient pas lui être réexpédiées, même si elles étaient magiques, et puis son téléphone n'est qu'un revolver.

Selon un article, Nick Drake a été pris d'une telle tristesse qu'il a dû revenir vivre chez ses parents. Tous les jours il sortait pour marcher jusqu'à une maison abandonnée et s'asseyait par terre là où les camés du coin se réunissaient quotidiennement pour se piquer et mourir ou non. Il ne partageait pas leurs drogues et ne parlait à personne, et aucun d'entre eux ne savait pourquoi il venait ou restait ni qui il était, et ne faisait même mine de s'en soucier.

Peut-être admirait-il leur amour de la presque mort. Peut-être étudiait-il les propos anodins qu'ils échangeaient lorsqu'ils étaient presque morts. Peut-être lui parlaient-ils exactement de la même façon que sa musique lui parle à elle. Peut-être appréciaient-ils sa compagnie ou le prenaient-ils en pitié, en se disant : « Au moins, on a la came, imagine si on ne l'avait pas. » Puis il s'en allait, et eux disaient : « Ce type est bizarre », quel que soit leur sentiment.

Des années plus tard, un journaliste a appris où Nick Drake était mort et s'est arrangé pour rencontrer un de ces camés, qui a reconnu la photo de Drake. Il a dit que Drake était allé et venu pendant des mois. Ils le laissaient rester parce qu'une des filles de la bande le trouvait mignon. La dernière fois, juste avant de partir, il s'est mis à pleurer, et quand ils l'ont entendu et ont tourné les yeux vers lui, il a dit : « Vous me connaissez, les mecs. Dites-moi ce qui ne va pas chez moi. »

Quand elle avait treize ans, elle a baisé avec un type et elle a eu un fils. Elle aimait si fort son bébé que les gens trouvaient ça anormal. Elle, ça lui donnait l'impression d'être un tour de magie. Elle s'est mariée avec le type qui l'avait mise enceinte, même si c'était un pédophile qui la tabassait. Ses amis ont trouvé ça idiot, mais personne ne comprenait pourquoi elle faisait les choses.

Enfant déjà, elle restait bouleversée trop longtemps et s'emballait à l'excès pour les amis et les choses qu'elle aimait, mais elle était belle, ce qui rendait ses fluctuations d'humeur plutôt divertissantes pour tout le monde, jusqu'à ce que son état empire.

À seize ans, soit on ne pouvait la faire taire, soit elle fixait un regard vide sur ses amis comme s'ils étaient des murs, et presque tous ceux qu'elle connaissait ont décidé qu'ils avaient eu le béguin pour elle mais que ça leur avait passé.

À dix-sept ans, elle restait au lit des semaines d'affilée. Son fils lui tenait compagnie, et c'était ennuyeux, mais au moins elle savait qu'il l'aimait ou était un peu tordu, et ça l'aidait à rester étendue là. Son mari en avait tellement marre de sa folie qu'il a commencé à battre leur fils, qui s'est mis à tant la détester de ne pas le protéger qu'il a fait comme si elle était morte pour pouvoir l'aimer de nouveau.

Elle a trouvé un médicament quasi miracle un peu avant la trentaine, mais il avait pour effet secondaire un tel état d'excitation sexuelle que ses problèmes se sont réduits au seul fossé entre son corps et celui de son fils. Elle a commencé à lui faire des avances, ce qui l'a amené à lui cacher son amour, mais au moins cela rendait tangible l'amour qu'elle lui portait, même s'il paraissait totalement immonde vu de l'extérieur. Puis le cachet a cessé de faire effet, la redéchirant en deux.

Un jour son fils a dit : « Si je ne t'ai pas fait du bien jusqu'à présent, je crois que je n'y arriverai jamais. » Il a décidé qu'il était libre de partir au bout du monde. Elle a essayé de devenir danseuse, mais elle était trop perturbée pour donner forme à sa souffrance. Son mari s'est remis à la cogner et il a failli la tuer. Elle a emménagé avec un autre type, puis encore un autre, et surtout traîné dans les boîtes de nuit, jusqu'à se sentir si désespérée qu'elle a dû retourner vivre chez ses parents. Le téléphone sonne.

« Pourquoi m'as-tu aimée ? » demande-t-elle à la personne qui l'appelle.

« Parce que tu m'aimes tellement », dit la voix.

« Sauf que ce n'est pas vrai. Si ça l'était, je ne ferais pas ce que je m'apprête à faire.

– Je jure devant Dieu que tu m'aimes.

– Et quand j'étais en phase maniaque ?

– Je faisais comme si tu m'offrais une standing ovation.

– Et quand j'étais catatonique ?

– Je te regardais et j'imaginais des trucs.

– Je suis désolée de n'avoir jamais… » commence-t-elle à dire dans le téléphone, ou plutôt au téléphone, puisqu'il n'y a personne, et même pas à un téléphone, en fait, puisque ce qu'elle tient contre sa tête c'est seulement le revolver. Elle ne finit pas sa phrase car elle n'est pas désolée.

« C'est quoi, la musique, dans le fond? » demande la voix. « C'est beau.

– Si tu m'aimes, il faut raccrocher, maintenant », dit-elle. Elle pense qu'à cet instant son correspondant devrait raccrocher. Elle fait qu'il en soit ainsi même si c'est douloureux. Elle sait que c'est la réalité car elle entend le déclic.

Achevé d'imprimer en avril 2013
dans les ateliers de la Nouvelle Imprimerie Laballery
à Clamecy (Nièvre)
N° d'éditeur : 2350
N° d'édition : 252473
N° d'imprimeur : 305068
Dépôt légal : mai 2013

Imprimé en France

The Pyre

By the son

The Pyre

Part 1

P.O.L
33, rue Saint-André-des-Arts, Paris 6e

ISBN : 978-2-8180-1782-1
www.pol-editeur.com

Dimitry's father is a failed Olympics gymnast who seems overly standoffish and dejected even for a Russian. He still looks teenaged in his early 30s except when he takes off his shirt because there's something too dog-eared about his muscles. Dimitry thinks he'd look exactly like his father if his father were a worm. He's a reclusive 12 year-old watching American cartoons.

Every country dubs its language over foreigners' TV shows, but in Russia it's a racket. One sermonizing voice reads the actors' dialog as though the show was an appliance and their gab were its instructions while the real, sweet noises rollick faintly in the background. That's how the rest of the world sounds to Russians if they pay any attention at all.

Donald Duck and his preposterous cohorts are like dolphins signaling their happiness to Russians

through a bleak, indifferent surface. It's a form of mind control that dates back to when the Communists ran everything and makes children of an introspective bent think they can hear the truth attacking through their fruity little thoughts.

Dimitry is chuckling at the TV's muffled playthings and hoping his mother will stand up. His father was scrubbing their bedroom's furniture and walls with her fighting, flopping body for a long time. That sounded too familiar, but not the silence afterwards that will not stop. Dimitry's mind is saying if your mother's dead, you'd better kill yourself.

Dimitry's father barges in the living room and sits bizarrely near his son, which he's never thought to try before. He seems dazed by the unprecedented access, and his hands throb from having finally killed his wife. He knows he'll have to kill Dimitry now, but first he tries watching the cartoons' rat-a-tatting nonsense.

Dimitry isn't old enough to be a loss. He'll just turn one dead body into two, which isn't very different. People in their building have heard him beat his wife and son so many times they must be numbed. Maybe he could take advantage of Dimitry if he wants to. Would those screams sound inconsistent?

The only danger is he might kill himself for doing that. Is that a problem?

When Dimitry's father was an 8 year-old, investigators from the agency of sports made a routine visit to his school. After watching him cartwheel and twirl above the playground's swings and jungle gym, they bought him from his parents. He was positioned in a prison-like academy for potential medal winners along with close to forty other boys with magic bodies.

He was trained to win gold medals in gymnastics with short daily morning breaks to add a barren education. Sometimes he contested in minor showcase competitions in far-flung Russian provinces. He never won anything, but the crowds were full of pedophiles and girls who liked the prettiest contestant, and that was him.

So many film crews shot Dimitry's father's grimacing, angelic face that it became the public's mental image of Russia's gymnastics might for years. That usefulness kept him in the running long after better gymnasts had been axed. Nowadays, when people see Dimitry's father on the street, they often ask if he looked younger and important once.

Dimitry's father unties his shoes and shakes them loose. He whips his t-shirt off. His pants are

uncomfortably tight, so he rises to his feet, but it's the pistol in their pocket that's the problem, and he's infirm from having killed his wife, so he draws the gun then slumps back on the couch and rests the weapon on his pants leg.

Dimitry looks up weirdly at his father then removes his t-shirt too. He holds the t-shirt tensely in his hand. Dimitry's father rips it from his son's hand and holds it stiffly in his own. He gives it half a chance to be a shirt then thinks the Russian equivalent of "fuck it" and wads the cloth until it's flower-shaped.

His fear of everything he's done and wants to do gets dubbed atop whatever happiness his son and him have made together. He wants to give the flower to Dimitry, but love seems stupid, so he makes a fist instead and menaces the boy. Dimitry takes a giant breath then arcs his back to make the strongest chest his rib cage can create.

"Why did you take off your shirt," Dimitry's father asks.

"Because you did," Dimitry says.

"Aren't you scared," Dimitry's father asks.

Dimitry peeks down at the gun. It's the only

thing that makes what's coming next feel any different. "Yes," he says.

Dimitry's father lifts the gun and points it at his son.

"It says yes too," he says.

"It probably thinks your hand is mine," Dimitry says.

"Do you ever want to kill yourself," Dimitry's father asks.

"Sometimes," Dimitry says.

"What do you think about when you decide to kill yourself," Dimitry's father asks.

"What's the right answer," Dimitry asks. He looks into his father's eyes, which either don't mean shit or are outdistanced by his own mind's frightened shit, then thinks about the question. "Sometimes my mother."

"Your mother doing what?" Dimitry's father asks. He puts the barrel of the gun against his head and starts to cry and tremble horribly.

"Not that," Dimitry says. "You need to take the safety off."

*

I'm 19, got leukeamia talk to me if you want. If you do not love, then go away. I need someone talk to. I GO YOU HOTEL AND YOU HOUSE. That is what is inside, that is whats needed.

Ok i'm really 12, but i wanna try anything this is me so deal with it!

I want take care of yourself you want take care of me. I want take care of you as no one took care of you.

I can play for you some Chopin Nocturnes, if you like. Only thing is I am 5'1".

I will regret for the rest of my life what I done.

I'm not a model or something like that, I don't have much, so. I always in dark or low light. I live with my father. I think when we get to meet we going to talk more about me then.

It's hard life, so I need… any thing you like.

I Fear for love so much make xxxxxxxxxxx.

This is a serious inner mental reality for me. Please help me som one i won't struggle.

I prepare myself and make the brainwashing with some material.

I am very open and i do the thing because i wanna see if i can do the thing.

I am sick of people rumour bout me and i an not ca…

I am afraid i am going to jump off the bridge near my house soon if this doessn't....

Answer to your questions: Yes i tried. I tried and tried and tried! but thank you.

I no longer own my computer. I have become a computerslave as he has now taken controle of my computer wich from now on is his! all i can do i sit back and watch him use his computer.

I liv with him, yeh but he will probly be asleep.

Im not the usual guy so if you pls,,.. im just doing this for my depression.. thats all. Im only doiing this for depression if soomeone can let me give what i want then i will stop.

Everynight i want wish i didn't wake up anyone think they are up for the challenge.

I did not answer you, it can be a lapse of memory.

I want you to love me who i am and accept me who i am welling to meet me and have respect.

I want have peace and friendly and loving sweet and caring and understanding with my felling and love me ever no one else.

The reson why i want to do this is so that i can help my father by not being another mouth to feed or troubled son for him to worry is his fault because i

love him a lot and i will miss him but thats not your problem.

There is so much about me so you won't get ever borred with my head.

I may not be that close to perfection like other people do, but who cares? What matters is that i nknow myself inside and out and THIS IS ME.

I want to find someone who can understand me!!!! who can appreciate the thing ive done.... some-one who's always there for me!!! when im in ill.......

I promise you love me.

I'm dieing young of something i don't want to die of? GET IT?!! Ok im not dieing really, i lied and im just sad.

I am broken to nothing hardly eat or.....

My picture's from before. I don't look like that anymore but i did. Who sees me?

I don't know what am I say. You find by yourself of your highness satisfy. I like music that screams...

Yes father... be chemed up doesnt know whats going on or nothing.

Why can't i delete this shit?

*

One of Danny's band-mates is a fried, revered guitarist who still picks out flabbergasting notes, but they're strange now. Danny thinks he'd play guitar remotely like his band-mate if his band-mate were a drunk. He's a skinny 16 year-old prodigy from Brixton drinking gin and watching dead guitarists play the blues with old acoustic instruments on some TV thing.

Every older era's sense of scale and vintage tech turn off the young, but to radicals like Danny, it's especially deterring. Between the dead guitarists' minor outreach and the distanced, scratchy footage, they might as well be fiddling with loaded rifles that'll only hurt themselves. That's how other people's sadness sounds to Danny when he cares at all.

The blues' originators could be dolphins signaling their primitive unhappiness to more experimental artists. The fact that even innovative art grows cordial over time is a catastrophe that makes groundbreaking young musicians with drinking problems for good reasons know they can't be gods with giant amps despite the bliss that animates them when they're trying hard.

Danny's playing his unplugged Strat with the TV's ghosts and hoping his band-mate hasn't quit their band despite the recent hellishness of being with him. He and other members had been yelling at each other

in the background for a long time. That sounded usual of late, but not the silence ever since that will not stop. Danny's mind is saying, "If my band-mate quit, I'm dead."

Danny's band-mate joins him on the couch and sits unnaturally close. He's never longed to be right next to Danny until now, and it's disorienting to be pressed against someone he only hugs onstage in acts of showmanship, and his dilated eyes are wet from having quit their band. He knows he needs to say goodbye, but first he tries watching the TV.

Danny isn't bold enough to be the leader of the band or play the notes alone without lessening their vistas. If the band breaks up, there'll just be two casualties instead of one. Their fans aren't smart enough to understand their genius anyway, so would Danny's lack of daring even sound that different? Still, Danny would know. Is that a problem?

Danny's band-mate used to play guitar in shitty local bands as though they mattered. The leader of a critically anointed band that played electric blues observed him bend strings incongruously and fit him in their higher ranks. Danny's band-mate gigged and played on albums with this band until their orthodoxy started to feel dumbass and claustrophobic.

He started his own band that used the blues as roots not a criterion. He came across a 15 year-old Danny playing wildly with a local band and hired the boy to be their novelty. Their complicated grittiness drove critics wild, which ushered in the public, who didn't understand a thing but lied so they could gawk at Danny, who looked 13 years old if anything.

But Danny's band-mate wanted to rewire the way sound whistles through guitars, which needed psychedelic drugs, he thought. Danny needed to destroy something inside himself that no one else could understand to play at all, and alcohol helped. Their problems worked artistically, but Danny's band-mate went insane, and Danny's playing stalled, and now it's all fucked up and over.

Danny's band-mate watches him exaggerate the notes that legends play so simply in the past. He doesn't know if he's too fried to judge the difference anymore, but, even on a muted Strat, there's something cold in Danny's tone that, say, the legends just unleash into their music like hysteria. This so depresses Danny's band-mate that he wants to join the band again but doesn't.

He tries stroking Danny's head in hopes that, with the help of psychedelic drugs, he'll somehow feel

what's going wrong inside a brain so young yet status quo. He can't, and Danny tenses at the touch, which makes his playing worse, which makes him stop and drink instead. So Danny's band-mate borrows the guitar and plays the licks.

Danny drinks. Even six weeks back, he would have learned something or thought he had from studying his band-mates' outre fingering and hazardous decisions. He might have taken the guitar and tried to top him, and their band would peak. This difference kills him, so he grabs the instrument away then throws it at the TV set but nothing breaks.

So, that's that, the band is over, even if, when Danny's band-mate plays sans Danny in the future—if, that is, he doesn't drug himself into state where music sounds too idiotic—it could expose his young friend's insufficiencies and so detach his risky notes from the cohesion Danny's playing leant them that he'll just end up scribbling obscure crap.

"Why did you do that," asks Danny's band-mate. He's on his feet retrieving the Strat from where it struck the floor. Now he sits down again already playing it.

"Because you quit," Danny says.

"You're not inside yourself," says Danny's band-mate. He tries to twist his guilt into an interstellar note.

"Is that it," Danny asks.

"I know I'll sound like I'm a barking dog, but I love you," says Danny's band-mate.

"So, don't quit," Danny says so flatly that he knows he really means it.

"Do you still believe in reinventing sound," asks Danny's band-mate. By now, his soloing has edged into a string of noise.

"Sometimes," Danny says.

"What do you think about when you believe that," asks Danny's band-mate.

"Usually you," Danny says.

"Me doing what," Danny's band-mate says. By now, he's playing notes that don't connect and hurt the ears and make no sense at all.

"Not this," Danny says and blunts the fret-board with his hand. "Not this crazy motherfucking sounding shit that makes me feel so lost."

*

"That sounds harsh," someone says.

When I die, will it just say goodbye.. unless i did things? I did, but not enough in time. Anyway how old are you?

"I'm 56. I'm not fluent in English, but we don't need to talk right? And I don't know the answer."

I only want be a friend with 12 to 16 years poeple sorry.. and i forgot im not dying really so… Anyway get out of here.

"Hay," someone says. "Ppl say am a nobody cus i dont have a heart i am a sword man i got switch at birth mom died when i was 7 and dad lift me i have a wolf named shadow i make-up songs am not just that deaf kid getting pushed in halls getting beat up at home and school my life."

Are you really deaf orare you just weeding people out?

"Yeh i am thats how cum my voice sounds bad god who are u."

I dont know if i think deaf is too.. i don't know, im sorry let me think about you.

I don't WANT only THIS!!!!

"Hi im Aaron," someone says. "Hmmm.. I do as we all do ..n i need special peoples .. ya i m for only

specials one's., if u r thinking u r missing some thing meh yea… this is not a poem this is what u need to know before u…"

You don't need to be affraid anything. BEGGERS ARE NOT CHOOSERS AND IS REALLY TRUE.

"Im just here for some reason," someone says. "if… OK im poor student.so i will reach to ur place ...u will like me im sure every thing i have is sexsy. personality is not found outside bt inside.. ya recently."

About my self is not for evrybody. I like to see the real things, however not for business like sex. It is too complicated for me to handle.. but theres a man, he's 56, i ythink he's still here yeh.

"To build my life i must do that.no others chage for me? whatever u say. i dont care.,, this is my life… Where?"

"Hello to you, whoever you are, whatever you want," someone says. "I am simple person. Yet, I believe I am fairly simple one way or another."

Hi i hate being alone more then anything in the world and yet im always alone, life means nothing.

"Forgot about world existing around You. You can change yourself into infinity, but still get the

changes to the location from where you left. May i know who you are and where do you live?"

There is no real description on whats going through my head at the moment. All I can say, someone will get hurt.

At some point of my life, i've met people so wonderful that i fell for them, i thot they feel the same too. however, the truth is, they're just nice.. too nice.. but dont love me i dont deserve it.

"Do you care to hear about God… ," someone says. "I just found myself getting right with him and eliminating all the bad substances in my life that counteract with what He wants me to do. So I wait for your decision."

You no wat sounds delicious? My BULIMIA!! You no wat sounds bile and revolting? FOOD!!!!

"Hi," someone says. "I am guy from orient…. please let me know if someone knows me…….... please let me know…….…."

I dont know you but.. you seem nice… can you understand me .. ?

"Im just new here to find someone better for me…… looking for a good nice for stay togeter…….

im nice guy who understand anything what u said……. if you are interested somehow speak……."

I can only listen to you if you are juss looking for something to talk to.

"I NEED SOMEONE WHO CAN MARY ME HERE…….," someone says. "IM TIRED OF BEING ALONE……... love me and i'll give more love…… If you should choose me….. well take a look and you'll see yourself…"

But i cant hear you if you scream, im too scared myself.. Fuck!!!!!!!!

I am a perrson with a lot of problems in my brain. Do you really try to hear me?I will open it all!

"I Try a Lot But REal love is not a true statement anymore," someone says. "You want only one thing so i epect also there other things."

Is like you peeple only say your feelingsx.. but not LISSEN .. is like when songs dont have a singer but.. is instrumental. I NO HOW THAT IS!

"I just want make ohter people be nice and make he like me. am from a good family i have loving dear ones styill…. am like this i dont know what to do."

YOU CANT HERE ME!!!!! Okay, FUCK, this is how I really talk. This is me being careful not to make mistakes. Have I just ostracized myself from you?

"I look pretty sad," someone says. "However, I am not.. I am just thinking, that is all .. I am thin, I can say… But still, do I have to be perfect to make you happy?"

Things have changed and so have I, maybe for the better, maybe not; I'm still trying to figure myself out all over again. I just wish things were different, I wish things could be definite.

*

Whomsoever Rob is chatting with types or thinks as raucously as he does. To guess, they're in their teens or early 20s—two needy losers or ironic raconteurs using punctuation marks and letters on their keyboards like little shovels as though the English language is a bunch of dirt so they'll sound as convoluted as they really are.

Every website's chat room hauls in lonesome people editing their vibes into emoticons and cramping up their sentences, but the site Rob frequents is

for maniacs. To visitors, it might appear as though a bunch of suicidal people are transcribing some collective, self-inflicted shootout wherein the typos are escaping bits of shrapnel, but for them it's more like finger painting.

Rob is like a dolphin flagging humans from beneath articulation's choppy surface. It's a form of operatic laziness about the rules of composition dating back to when the internet freed every word that has eroded or been tortured over time into a jewel-like, pleading noise that helps Rob blurt and cry in public without losing his composure.

He's slopping out his tumult while trying to detect if any other fumbling chatters are upset because of him, and he may have isolated one. There's just the trace of intake in the guy's harangue—dents or dings or maybe even wounds as codependent as those calling and responding bleats that saxophonists traded in the jazz records his father played incessantly.

If all the chatters, Rob included, were just segments in a kind of typist choir, each performing a distinctive tonal fraction of some abrasive score, then… That's too difficult to imagine being true, so… maybe if their heated ramblings are just linguistic shreds dispensing outwards from some disco-ball like applica-

tion imbedded in the website, which could possibly be true, then…

If the garbage in their voices could be scraped away, maybe they're intelligent or draw less stupid pictures or are prettier or something great that some vindictive, lesser mortals have so teased or criticized into seclusion that they're only true when fighting one another for attention with a font's cache of modifiers as their weaponry.

Maybe when they're not online, they shadow colleges' or high schools' walls. Maybe they're Goths or Emos who have gussied up life's hellishness into a daily Halloween. Maybe their trendiness solved people's meanness into an issue of conflicting tastes in fashion, which hurts less but makes it extremely difficult for them to make close friends.

Maybe they write poetry about their feelings and read that to each other while imagining their listeners are attachés or scouts from lyrically impaired but otherwise amazing bands. Maybe no one actually listens, they just wait their turns to read, and vice versa, so they don't know why they feel comfortable yet miserably alone when they're together.

Maybe they grew bold enough one day to post their poems on websites set aside for gloomy, unso-

phisticated artists and admirers of incompetent, cathartic art. Maybe they grew confident enough to stop pretending their scribbles were poetry instead of suicidal scrawls they might have chickened out and torn in shreds were not the internet a wildly more rewarding trashcan.

Maybe someone loved them once or twice, or said they did, which they no more believed than actors buy the love of fans that only know them when their feelings are impersonations. So, love got lost, and now that they're so doomed, or wish they were, they know that mutual addiction will have to do, and they're trying to addict someone right now.

At some point, Rob's chat-mate hints it might be safe to switch on their respective webcams and illuminate their separate cockpits, and Rob, gambling that the correlations in their ranting back and forth will make his chat-mate's face a witching mirror image, types okay amongst a burst of words about his less than magical appearance.

Rob is startled that his chat-mate is a little boy, maybe 12 years old at most. He's sitting in a brightly day-lit room with posters of some athlete on the walls, and he looks strangely tickled that Rob's old enough to be his father and lives far enough away from him

that, judging by a wall clock in the background, it's the middle of the night there.

"My English … you already know it is very bad," the boy says in some thick and somber accent. He leans into his desktop to study Rob, who sees some bruises on his face.

"I thought you were faking it like I was," Rob says.

"No," the boy says. "I try to write very hard."

"So, … why are you fucked up," Rob asks.

"Because my father killed my mother," the boy says. He leans back and looks away and starts to cry.

"I wish I could do something to help," Rob says. "But it looks like you live very far away."

The boy gives Rob a careful glance. "Why are you sad," he asks.

"Because a friend of mine killed himself," Rob says. "It was a long time ago. I don't know why that still hurts me so much."

"I want to kill myself," the boy says.

"You shouldn't," Rob says. He mumbles "shit" under his breath and tenses up and moves his cursor to the spot where he can shut the application with a tap. "You'll hurt someone."

"No, just me," the boy says. "I —"

"Look," Rob says, "if you'd told me this when we were chatting, I might have thought, 'Whatever, I don't know this guy, maybe he's lying,' but... you're a little kid, and... I can't let you hurt me."

"I won't hurt you," the boy says. He grabs his face and sobs and starts to shout words in some other language, and it's so weird that Rob could make some little kid he barely even knows this profoundly unhappy.

*

I think I started writing books about my mother because whenever I would speak about her honestly like now I felt a complicated agony beneath my words that talking openly can't handle.

There's no one I can talk to, basically. Every friend I used to have who also knew her hasn't sought me out me in years, which would be easy since I'm mildly famous, whereas their last names are so commonplace that, when I search the web for them, literally thousands of candidates show up. I've tried.

I've talked about my mother in so many interviews. If you do a search using her name, pages and pages will turn up, and every one that's not about some namesake is either by me or about me, or is something

made by someone who only knows the characters I named for her.

How could someone like her die without a single friend or member of our family ever putting up a tribute page or even mentioning her name in tweets or Facebook posts, even on her birthday or on her death day's anniversary or even randomly in reference to something in their lives or art that brought her memory to mind.

Why hasn't anyone who knew her ever tried to contact me to say, I knew her too, or thank you for devoting so much writing to her, or how could you have written such disturbing things about my friend or cousin or former girlfriend or daughter or niece? Is what I've done that obscure? I guess.

I hate that I'm the only person she ever knew who really seems to need to talk about her. Many other people knew her better, or at least they spent more time with her.

I don't think about her for a while, and it's okay, but then I do and get like this. But not "like this" because I almost never talk about her, period. I'll say a little, and people will say, That's interesting and sad. But they mean for me and not for her.

Or I write something about her, and my readers

say, That's sick or awesome, or she's so cute, or she's too unsympathetic, or she's very touching, or she's boring, or she's really sexy, or I knew someone like her too, or I relate to her so much, which is the best or only meaningful response that I can even hope for. That's as good as it will ever get for me.

I saw a therapist for three years, and I talked about her there, but he said she was a symbol in my lifelong playing-out of shit my father did to me, and he just wanted me to talk about my past, not her. I would ask him please, please forget about me and think of me as just some person who is telling you about her.

I know how difficult she was to be around, and how emotionally hot and cold, and I know she did and said some awful things to people near the end when I wasn't with her unforgivably, but could her death really have been such a big relief to everyone? Like, Thank god I never need to think about her again?

I had a friend who claims to be a psychic who did a reading for me once, and said he saw her hovering above my head or something. He said she's always watching over me, feeling so much love and gratitude for something that I used to do for her or have been doing since she died, and I almost believed him, and maybe I even do. That's how easy it is to hurt me.

Even now I think, What if his envisioning was true, because I want so unbelievably and inexpressibly for her to know she meant and means so much to me that I have written and still keep writing all these elegies and things.

See, I'm not communicating anything beyond my need to talk about her now, and this is average, awful, artless writing, so why?

I guess because I want someone who knew her to read this book and find me. I want this book to be more public than my others so it will find people who don't normally read novels or who don't give a shit about some weird cult writer's books because it seems like everyone who either knew her or used to know me doesn't.

I want to find someone who can confirm my love for her is worth it, or who'll convince me she was no one, or who'll say, "She never mentioned you," or that she referenced me so rarely and offhandedly that it's obvious I didn't mean that much to her, and that's the hope, and that's the fear, and my writing is the only way I have to find an answer, and it's incredibly important, and I know it's hard to read, but it's just very, very hard for me to even do this, I'm sorry.

*

Her son is still her closest friend though they haven't talked in years and live half the world apart. She had planned to move away from home but never did or barely even. She thinks she'd live with him if there had been a genius medication. She's a 30 year-old dancer with incurable bipolar illness holding a loaded gun and listening to Nick Drake late at night.

Everyone who loves Drake thinks they share what made his early records sound so sad then grow so bleak, but she extremely does. Maybe if she had unleashed her pain artistically she would understand the difference, but for now it's like Drake's lyrics are her thoughts after being edited and scored by someone just like her but more important.

Nick Drake's songs are like a pack of dolphins signaling his solitude to her and other introverted messes. It's a very tight relationship between suicidal artists and their suicidal listeners that has been curing or killing people like Drake and her forever. When everyone you know is either very far away from you or hides, you find someone dead to love.

She is holding the gun like it's a phone and wishing her son would somehow call her. He wrote her let-

ters for a while, but she would never write him back not even when she moved and got a new address, and now she's moved so many times the letters couldn't be forwarded to her if they were magic, and her phone is just a gun.

According to some article, Nick Drake grew so sad he had to move in with his parents. Every day he left their home and walked to an abandoned house then sat down on the floor where local junkies gathered daily to shoot-up and then die or not. He wouldn't do their drugs or talk to anyone, and none of them knew why he came or stayed or who he was or ever acted like they cared.

Maybe he admired their love of almost dying. Maybe he was studying the painless things they said when they were almost dead. Maybe they spoke for him just like his music does for her. Maybe they enjoyed the company or pitied him and thought, "At least we have this drug, and imagine if we didn't." Then he would leave, and they would say, "That guy is weird," no matter what they felt.

Years later, a journalist learned where Nick Drake died and somehow met one of those junkies who recognized Drake's photo. He said Drake came and went for months. They'd only let him stay because one of

the junkie girls thought he was pretty. The last time, just before he left, he'd started crying, and, when they heard and looked, he said, "You guys know me. Tell me what's wrong with me."

When she was 13, she fucked some guy and had a son. She loved the baby so intensely people thought it was unnatural. For her, it felt like being a magician's trick. She got married to the guy who'd made her pregnant even though he was a pedophile who beat her up. Her friends thought that was stupid, but no one understood why she did anything.

Even as a kid, she had stayed upset too lengthily and acted too revved up by friends and things she liked, but she was beautiful, which made the fluctuating mostly fun for everyone until she worsened. By 16, she would either not shut up or stared at friends like they were walls, and almost everyone she knew decided they'd had crushes on her, which they'd now outgrown.

By 17, she would stay in bed for weeks. Her son would sit with her, and it was boring, but at least she knew he loved her or was fucked up in some way that helped her lie there. Her husband got so bored of her insanity he started beating up their son, who started hating her so much for not protecting him that he pretended she was dead so he could love her again.

She found an almost genius medication in her later 20s, but its side effects made her so horny that her problems grew as simple as the gap between her body and her son's. She started coming on to him, which made him hide his love from her, but at least it made her love for him deducible if look completely ugly from the outside. Then the pill stopped working, tearing her in halves again.

One day her son said, "If I haven't worked for you by now, I think I won't." He decided he was free to move across the world. She tried to be a dancer, but she was too disturbed to give her pain a surface. Her husband started beating her again and almost killed her. She moved in with another guy and then another, and mostly hung around in nightclubs until she felt so hopeless that she had to move in with her parents. The phone rings.

"Why did you love me," she asks whoever's calling her.

"Because you love me so much," says the voice.

"But I don't," she says. "If I did I wouldn't do what I'm about to."

"I swear to God you do," says the voice.

"What about when I was manic," she asks.

"I pretended you were giving me a standing ovation," says the voice.

"And when I was catatonic," she asks.

"I would look at you and fantasize," says the voice.

"I'm sorry that I never...," she starts to say into the phone, or, rather, to the phone since no one's there, and not actually to a phone since what she's holding to her head is just the gun. She never finishes the sentence because she isn't sorry.

"What's that music in the background," asks the voice. "It's beautiful."

"If you love me, you'll hang up now," she says. She thinks the caller would hang up then. She makes that happen even though it hurts. She knows it's real because she hears the click.